ACTUALITÉS. — CHANSONS.

LES

# POMMES DE TERRE MALADES

(Jérémiade légumineuse).

ADIEUX DE L'ANNÉE 1845. — LES SOUHAITS DU DIABLE.

PAR L'AUTEUR

DU CAPITAINE DUTERTRE.

1re LIVRAISON.

PRIX : 10 CENT.

PARIS,

CASSANET, RUE DES GRAVILLIERS, 25;
A. SCHNEIDER, RUE DE RAMBUTEAU, 43.

1846.

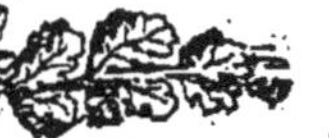

**CHANSONNIER NOUVEAU.**

# ACTUALITÉS-CHANSONS

**PARIS,**

CASSANET, LIBRAIRE, RUE DES GRAVILLIERS, 25;
A. SCHNEIDER, RUE DE RAMBUTEAU, 43.

1846

IMP. D'ÉDOUARD BAUTRUCHE,
r. de la Harpe, 90.

LES

# POMMES DE TERRE MALADES.

*Air de Marianne.*

Milton poussé d'un mauvais rêve
Chante le Paradis perdu ;
Il chante aussi la pomme d'Eve,
Ce fruit à jamais défendu.
A cet Anglais
J'applaudirais
Si, beaucoup plus prudent,
Au père Adam

Il eût offert
Pour son dessert
Ce fruit heureux
Qu'ignoraient nos aïeux
D'une pomme je n'ai que faire,
Elle nous a damnés, dit-on ,
Bien mieux inspiré que Milton
Je chante les pommes de terre !!

---

On dit pour fêter leur naissance
Qu'on en servit jusqu'à vingt plats,
Et que malgré tant d'opulence
Au dessert il n'en resta pas.
Début charmant
Où le présent
Semblait s'offrir
En gage à l'avenir!
A leur saveur
On fit honneur :
Les plus gourmands
Furent les plus contents.
O triomphe extraordinaire!
On vit les bergers et les rois
Reconnaître les douces lois,
Les lois de la pomme de terre!

Après un jour si mémorable
Son succès devint délirant
Ainsi qu'une idole sur table
Fuma son parfum odorant.

Par ci, par là
Il se trouva
Quelques jaloux,
Mais ils cédèrent tous.
Le cordon bleu
Dit : —Ventrebleu!
Oh! maintenant
Pour un plat j'en ai cent!

Vainement *noircit* de colère
La *truffe*, orgueil du Périgord :
Rien ne put arrêter l'essor
L'essor de la pomme de terre!

---

Grand Dieu! quelle affreuse nouvelle
Vient troubler un si grand bonheur!
Du choléra la dent mortelle
Des légumes ronge le cœur!

Cri général,
Cri colossal
Court, se répand
Plus vite qu'un torrent.

Quelle douleur !
Las ! il se meurt
Ce fruit fécond
Qui nous semblait si bon !
Prends le deuil, jeune cuisinière,
Prenezle deuil, vieux marmitons,
Pleurez, marmites, chaudrons,
Pleurez!... plus de pommes de terre!

Voyez pourtant la conséquence
De ce déplorable trépas !
Plus de pommes de terre en France
Que deviendront tous nos soldats?
Avec cinq sous
Nos tourlourous
Auront faisans
Entourés d'ortolans :
Puis des perdreaux
Toujours nouveaux.
Outre cela
Le major leur dira :
— Mes bons amis, la France espère
Que vous voudrez lui pardonner
De ne pouvoir plus vous donner
Vous donner des pommes de terre!..

C'en est fait, la friturière
Au *gamin* ne fournira plus
Ce mets succulent qu'il préfère
Aux cuisines de Lucullus!
Et le Pont-Neuf
Se verra veuf
De ces fourneaux
Sans trève ni repos,
Où le passant
D'un sou vaillant
Paie un régal
Qui n'a point son égal.
Alors pour calmer la colère
Du ciel qui frappait de tels coups,
On vit l'univers à genoux
Prier pour la pomme de terre!

Et Dieu d'un regard de clémence
Vit une si grande douleur
La *malade* en convalescence
Sourit au joyeux laboureur.
Avec cinq sous
Aux tourlourous
Plus de faisans

Entourés d'ortolans :
Plus de perdreaux :
Toujours nouveaux ;
Outre cela
Le major leur dira :
—Mes amis, notre état prospère
Nous permet, pour votre dîner,
Tous les jours de vous *redonner*
Redonner des pommes de terre !

Les peuples, en vrais camarades ,
Se réunissent en banquet :
En l'honneur de nos ex-malades
On porte un toast au grand complet.
Petits enfants
Et grands parents
Disent hélas :
« Pommes ne mourez pas !
« Guérissez-vous
« Et parmi nous
« Vivez toujours
« O pommes nos amours ! »
Du haut du ciel qui nous éclaire
Dieu vit tous ces pauvres humains
A ses bienfaits battre des mains !
Dieu sauve la pomme de terre !!

# ADIEUX

## ET PLAINTES AMÈRES DE L'ANNÉE 1845

### MISE INJUSTEMENT SUR LA SELLETTE.

AIR : *Du Dieu des bonnes gens.*

Adieu mortels ! déjà le temps m'entraîne ;
Oui, loin de vous m'attend l'éternité.
Pendant un an j'ai vécu votre reine,
e vous remets ma triste royauté.
Régner sur vous n'est pas petite affaire,
Et l'on voudrait en vain me retenir.
Le ciel m'attend : habitants de la terre,
Adieu ! je vais partir !

Je m'en souviens, de notre sœur aînée,
Lorsque vos mains m'offrirent le bandeau,
Avec orgueil je me vis couronnée,
Peuples, pour vous, tout nouveau tout est beau !

Vous m'exilez, et votre voix sévère,
Sur tous les tons me crie : il faut mourir !
Le ciel m'attend, habitants de la terre,
Adieu ! je vais partir !

Oh ! reprenez cette triste défroque,
Elle est pour moi la robe de Nessus !
Peuples ingrats ! quoi chez vous tout se troque,
Sceptre et manteau déjà sont revendus !
Le dernier de mes fils, dans les bras de sa mère,
Décembre grelottant vient de s'évanouir.
Le ciel m'attend, habitants de la terre,
Adieu ! je vais partir !

Vous le savez, sur l'indigne sellette,
En criminel vous me fîtes monter !
A cet affront j'ai cru perdre la tête ;
Sur plüs d'égards, reine, j'ai dû compter,
Vous m'accusez du crime de disette,
Mensonge dont pour vous j'ai dû rougir.
Le ciel m'attend, habitants de la terre,
Adieu ! je vais partir !

Pommes de terre, oh ! répondez de grâce,
Pour vous guérir, que n'ai-je pas tenté?
Pour conserver votre féconde race
Je l'ai veillée en sœur de charité.
Votre famille, un moment poitrinaire,
Mes yeux l'ont vue enfin se rétablir ! !
Le ciel m'attend, habitants de la terre,
Adieu ! je vais partir!

Calme de cœur, sans peur et sans reproches,
Je descendrai du faîte du pouvoir :
Rien dans les mains, rien non plus dans les poches,
Je vous rends tout, et maintenant bonsoir !
Règne sur vous mon heureuse héritière,
Qui vous promet un si bel avenir !
Le ciel m'attend, habitants de la terre,
Adieu ! je vais partir !

Ainsi chantait cette noble exilée,
A l'Univers adressant ses adieux.
Sa voix cessa... la grande ombre envolée
Prit le chemin qui conduit vers les cieux.
Avant un an cette reine si fière (1),
Qui nous promet un si riche avenir,
Doit dire aussi : j'abandonne la terre,
Adieu ! je vais partir !

(1) L'année 1846.

LES

# SOUHAITS DU DIABLE

POUR L'ANNÉE 1846.

AIR : *Montons à la barrière.*

Oui, messieurs, c'est Satan
Qui, malgré la Sorbonne,
Vient tout chaud, tout bouillant
Vous la souhaiter bonne.
Dans les vœux que je fais,
Il n'est rien de damnable ;
 Ecoutez les souhaits,
 Les souhaits d'un bon diable !

Que messieurs les maris
N'aient point le cœur volage!
Que jeune fille à Paris
Se montre toujours sage.
C'est ce que je voudrais :
En diable charitable,
 Oui, c'est l'un des souhaits,
 L'un des souhaits du diable.

Sans soucis, sans chagrin,
Bravant le sort contraire !
Que du soir au matin,
Chante le prolétaire.
En espoir doux projets ;
Pour trésor femme aimable !
  Voilà l'un des souhaits,
  L'un des souhaits du diable.

Que l'écrivain de cœur,
Riche de conscience,
Conserve en son labeur
Sa noble indépendance !
Qu'il ne sente jamais
La faim qui rend coupable !
  Voilà l'un des souhaits,
  L'un des souhaits du diable !

Qu'en un roman nouveau,
L'auteur des *Mousquetaires*,
De son Monte-Christo,
Redise les colères !

Alors je deviendrais
Lecteur infatigable.
Voilà l'un des souhaits,
L'un des souhaits du diable !

⟵▬⟶

Vous directeurs-auteurs,
Qui faites vos ouvrages,
Servant aux spectateurs
Vos *ours* les plus sauvages,
Evitez les sifflets
Et la clef redoutable.
Voilà l'un des souhaits,
L'un des souhaits du diable !

⟵▬⟶

Votre vieil Odéon,
Dans un cri de détresse,
Lanterne en main, dit-on,
Cherche une autre Lucrèce.
De grand cœur je verrais,
Ce phénix introuvable ;
Voilà l'un des souhaits,
L'un des souhaits du diable !

Dans un nouvel Isly,
Que vos soldats d'Afrique
Montrent à l'ennemi
Leur valeur héroïque !
Prenez dans vos filets
Cet Emir imprenable.
  Voilà l'un des souhaits,
  L'un des souhaits du diable !

Que la Tamise un jour,
De joie étant en veine,
S'en vienne chez *Véfour*
Trinquer avec la Seine !
J'ai vu bien des banquets,
Mais jamais de semblable ;
  Voilà l'un des souhaits
  L'un des souhaits du diable !

Que grâce à la vapeur
Brûlante messagère,
Bientôt le voyageur
Traverse l'atmosphère

Qu'il vole à prompts relais
Vers la lune abordable !
Voilà l'un des souhaits,
L'un des souhaits du diable !

Qu'un jour, de son côté,
Voyageant non moins vite,
La lune ait la bonté
De nous rendre visite.
Que vos *lions* coquets
La trouvent adorable !
Voilà l'un des souhaits,
L'un des souhaits du diable !

Puisse enfin dans cent ans
Paris, la ville immense,
Voir tous ses habitants
Nageant dans l'opulence:
Que les fleuves français
En or changent leur sable !
Voilà l'un des souhaits
L'un des souhaits du diable !

# AMOURS

## D'ASPASIE ET DE DIOGÈNE

### AU FOND D'UN TONNEAU !!

*Air : Rendez-moi mes clefs, disait St-Pierre.*
(BÉRANGER).

L'amour, par caprice nouveau,
Voulut habiter un tonneau.
Pour le grand cynique d'Athène
Aspasie, un matin, dit-on,
Se prit de belle passion,
« Bientôt je vais
« Passer pour un niais,
« Gardez votre amour, disait Diogène !!

A ces propos décourageants
On oppose des yeux charmants.
Un pied fripon, un port de reine.
Jetant sur ces trésors divers
Un œil méchant et de travers :
« Bientôt je vais
« Passer pour un niais,
« Gardez vos beaux yeux, disait Diogène !!

La belle fut piquée au jeu,
Même on la vit rougir un peu :
Un quart-d'heure elle eut la migraine ;
Puis à la mère des amours
Fort sagement elle eut recours.
« Bientôt je vais
« Passer pour un niais ,
« Cachez vos appas, disait Diogène !!

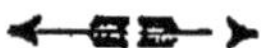

A cet affront que devenir ?
De honte faudra-t-il mourir ?
La chose en valait bien la peine.
Quoi ! voir son amour dédaïgné
Par un amant si mal peigné !...
« Bientôt je vais
« Passer pour un niais,
« Cachez tout cela, disait Diogène !

L'amour talonne la fierté
De notre superbe beauté;
Et d'une ardeur toute payenne
Elle jura par tous les Dieux
Que les choses iraient au mieux !..
« Bientôt je vais
« Passer pour un niais,
« Ne jurez de rien, disait Diogène !

Diogène portait un manteau
Qui jamais ne fut neuf ni beau:
Les ans en ont vieilli la laine,
Notre homme en un tour de main
Se vit dévalisé soudain.
« Bientôt je vais
« Passer pour un niais,
« Laissez mon manteau, disait Diogène !

Il restait la chemise... hélas!
Le cynique n'en avait pas!!
Chose étrange, mais très-certaine.
Il se vit donc incontinent
Aussi nu qu'un petit St-Jean !!
« Bientôt je vais
« Passer pour un niais,
« Laissez mon tonneau, disait Diogène !

Il faisait un froid rigoureux;
Mais le froid se sent moins à deux,
Du fait il faut que l'on convienne;
Forcé dans ses retranchements,
Notre homme fait claquer ses dents:
« Bientôt je vais
« Passer pour un niais,
« Ciel! qu'il fait froid, disait Diogène !

Il faudrait être un grand nigaud
Pour préférer le froid au chaud.
Victoire reste à l'Athénienne !
C'est ainsi qu'au fond d'un tonneau
L'amour alluma son flambeau.
Et désormais,
Cessant d'être un niais,
« Gardez mon manteau, disait Diogène ! »

Ce beau caprice passé,
Diogène se vit évincé :
Ce fut le tour de l'Athénienne
De s'écrier avec dédain :
— « Rester dans un tonneau mal sain !!
« Oh ! j'agirais
« Ainsi qu'un vrai niais,
« Reprends ton manteau, maître Diogène.

## RENARDS ET CORBEAUX,

OU

# DU TEMPS DE LA FONTAINE!

*Air : Muse des bois.*

Le vin est vieux et nos femmes sont belles :
Chantons, amis, chantons le temps présent,
Que le frondeur aux plaintes éternelles,
Soit mis en trappe... oui, qu'il entre au couvent !
Rien de nouveau... le plaisir et la peine
Marchent de front partagés entre tous ;
C'était ainsi du temps de La Fontaine
Qui fit parler les renards et les loups !

Amis, lisons avec intelligence
Le livre où sont les arrêts du destin :
Du bien, du mal, oui faisons la balance,
Faut-il pas mettre un peu d'eau dans son vin?
Si ma bourse est vide, la vôtre est pleine ;
Renards, corbeaux habitent parmi nous ;
C'était ainsi du temps de La Fontaine :
Alors, amis, de quoi vous plaignez-vous ?

Notre frondeur reprenant la parole
Va s'écrier de sa plus belle voix :
— « Montez joyeux, montez au Capitole,
« Moi j'en descends pour vivre dans les bois :
« Applaudissez si vous êtes en veine ;
« Je jette au ciel mon cartel en courroux :
« On faisait mal du temps de La Fontaine,
« Mais on fait pis aujourd'hui parmi nous !

« Avec ces mots de *plumage* et *ramage*,
» Que de renards aux discours louangeurs
« Trouvent moyen d'arracher le *fromage*
« Qui bientôt tombe aux pieds de ces grugeurs !
« Corbeaux dupés, votre poursuite est vaine :
« A l'étranger vont les renards filous !
« On faisait mal du temps de La Fontaine ;
« Le mal a pris racine parmi nous !!

« Avec de l'or et les perles qu'il donne
« Un séducteur près de vous s'introduit,
« Il obtiendra ce qu'il ambitionne :
« Et votre honneur aux abois est réduit !
« L'amour fripon prélève douce aubaine
« Après la bourse on vole les époux ;
« C'était ainsi du temps de La Fontaine ;
« L'arbre maudit a grandi parmi nous !

—Assez, frondeur !... rendez-moi la parole,
Votre pinceau peint l'univers en noir :
Vous blasphèmez, et votre âcre hyperbole
Nous ravirait bientôt jusqu'à l'espoir :
Des *bonnes gens* que le grand Dieu nous mène !
Sur deux lutteurs, l'un doit porter les coups !
C'était ainsi du temps de La Fontaine ;
Alors, amis, de quoi vous plaignez-vous ?

Je l'avoûrai sans honte ni vergogne,
Pour cent raisons, notre siècle m'est cher.
Voyez, amis, et Champagne et Bourgogne,
Viennent à nous par dix chemins de fer !
L'amour toujours préleva douce aubaine,
L'agneau toujours fut mangé par les loups :
C'était ainsi du temps de La Fontaine,
L'usage est vieux... il reste parmi nous !

## LES TROIS AGES DE LISETTE

**De Béranger.**

( DÉDIÉ A BERANGER. )

---

### Lisette à seize ans.

*Air : Gentils enfants, restez toujours petits !*

Seize ans ! Messieurs, n'est-ce pas un bel âge !
De quelques fleurs entourons mon printemps.
Un jour.... plus tard, Lisette sera sage,
Est-il permis de l'être avant vingt ans ?
Si je devais en croire la chronique.
Oui, je prendrais la sagesse au rebours :
N'écoutez pas la méchante critique
Volez amours. .. volez, volez toujours !

Messieurs, la rose est belle et peu dévote,
Elle sourit à tout zéphir lutin :
De bonne foi, voyons, est-ce ma faute
Si je ressemble aux roses du matin ?
On dit partout : Lisette se dérange :
Quoi ! tous les mois de nouvelles amours !!
J'aime à changer, voilà pourquoi je change :
Changez amours... changez, changez toujours !

# LES TROIS AGES DE LA LISETTE

**De Béranger.**

( DÉDIÉ A BERANGER. )

## Lisette à seize ans.

*Air : Gentils enfants, restez toujours petits !*

Seize ans ! Messieurs, n'est-ce pas un bel âge !
De quelques fleurs entourons mon printemps.
Un jour.... plus tard, Lisette sera sage,
Est-il permis de l'être avant vingt ans ?
Si je devais en croire la chronique,
Oui, je prendrais la sagesse au rebours :
N'écoutez pas la méchante critique
Volez amours. .. volez, volez toujours !

Messieurs, la rose est belle et peu dévote,
Elle sourit à tout zéphir lutin :
De bonne foi, voyons, est-ce ma faute
Si je ressemble aux roses du matin ?
On dit partout : Lisette se dérange :
Quoi ! tous les mois de nouvelles amours !!
J'aime à changer, voilà pourquoi je change :
Changez amours... changez, changez toujours !

La jalousie à me suivre s'attache,
Quand j'ai raison, elle me donne tort;
Pauvre Lisette! Ah! quelle rude tâche
Que de vouloir mettre chacun d'accord.
On dit partout : Comment? oser séduire
La cour, la ville et même les faubourgs!
Tous les méchants ont le droit de médire.
Amours volez et séduisez toujours!

A mon bonnet si les amours font fête
Souvent il fut cause d'un grand courroux :
Souvent il fut cause qu'une coquette
S'écria : Ciel! dans quel temps vivons-nous?
« Lisette n'a qu'une jupe légère
« Et cette jupe outrage nos atours!»
A ce courroux je ne saurais que faire,
O mes amours, portez bonnet toujours!

Le tablier qui me sert de ceinture
Fut détaché souvent... et sans effort!
Chacun l'a dit!... Messieurs, je vous le jure,
C'est par hasard... est-ce ma faute encor,
Pour dénouer ce tablier modeste
Si l'on emploie et ruses et détours?
Riez amours et moquez-vous du reste :
En tablier, amours restez toujours!

Je gage un jour, qu'à notre présidente
Je soufflerais ses deux nouveaux amants.
Pari gagné.... mais la chose plaisante,
C'est que la dame en ses ressentiments
Partout répète : — Oui, Lisette est sorcière !
Des astres sans que je suive le cours
Oui, je devine, et c'est à ma manière
Amours, courage! et devinez toujours !

Monsieur l'abbé m'appelle Madeleine.
Prêchant morale, il veut me convertir;
Bientôt il voit qu'il y perdrait sa peine,
Que je n'ai pas le cœur au repentir;
L'abbé s'emporte, et dit dans sa colère :
Quoi ! vous osez rire de mes discours?
Oui, j'aime à rire, et je ne pleure guère :
Riez, amours, riez, riez toujours !

Chacun me plaint; et d'un air charitable,
On dit : — Lisette, un jour finira mal;
Messieurs, comment craindre rien de semblable?
Lorsque m'attend un honneur sans égal :
Mon petit doigt m'apprend qu'un grand poète
En beaux couplets, redira mes amours.
Oh ! quel bonheur, on chantera Lisette
Amours riez.... chantez, chantez toujours !

## AMOURS, VOUS PARTIREZ DEMAIN,

OU

## Lisette à trente ans.

AIR : *De sa Vertu ne parlons pas.*
Lisette de BÉRANGER.

Amours, ce seul mot de trentaine,
Peut-il vous causer tant d'effroi ?
Mes cheveux sont encor d'ébène,
Mes yeux parlent encor pour moi !
Pourquoi donc détourner la tête
Quand je vous rencontre en chemin ?
Encore ce jour pour Lisette,
Amours ne partez que demain !

Je vous ai vus me faire fête.
Oh ! c'était alors le beau temps !
Aujourd'hui sonnant la retraite,
Devant moi reculent vos rangs !
C'est Lisette qui vous arrête :
Quoi ! vous appellerais-je en vain !
Encore ce jour pour Lisette,
Amours, ne partez que demain !

Autrefois vous me disiez belle,
Et le disiez à tous propos,
Et maintenant vous traînez l'aile
Comme de pauvres tourtereaux.
La métamorphose est complète
Et le changement trop certain.
Encore ce jour pour Lisette!
Amours, ne partez que demain!

Vous souvient-il comme à ma porte
Jadis vous frappiez coups sur coups?
J'ouvrais, car j'étais la moins forte,
Vous entriez, vous disant chez vous!
C'est à l'heure de ma toilette
Que chez moi pleuvait votre essaim!
Encore ce jour pour Lisette!
Amours, ne partez que demain!

Je m'en souviens : j'avais beau dire :
— Vites so [illegible], jeunes lutins.
De mes ordres on osait rire.
L'un m'essayait mes brodequins;
Douce époque que je regrette
Comme on regrette un beau matin.
Encore ce jour pour Lisette:
Amours, ne partez que demain!

Chacun rivalisait de zèle
Quand venait le tour du corset.
Celui-ci m'offrait ma dentelle
Puis un autre mon bavolet.
Tous m'adressaient une requête :
De serviteurs j'en avais vingt.
Encore ce jour pour Lisette !
Amours, ne partez que demain !

Le plus hardi parmi vos frères
Riait comme un aimable fou
En m'attachant mes jarretières,
Toujours au-dessus du genou !
A faire dix fois la rosette
Il prenait un plaisir malin
Encore ce jour pour Lisette !
Amours, ne partez que demain !

Quand ma toilette était finie
Vous me présentiez mon miroir,
En me disant : fille jolie
Regarde et connais ton pouvoir.
« Vole de conquête en conquête,
« Va ! nous te donnerons la main... »
Encor de tels jours pour Lisette !
Amours ne partez que demain !

# ILS SONT PARTIS !!!

OU

## LISETTE A QUARANTE ANS.

*Air : Muse des Bois.*

(Avec tristesse,)
Oh ! cette fois en vain je les appelle,
Ils sont partis pour ne plus revenir.
Volez, amours, fuyez à tire d'aile,
Je ne veux plus encor vous retenir !
Votre abandon me trouve indifférente :
Il est des fleurs pour toutes les saisons.
(Riant,)
A quarante ans ! pauvre Lisette chante,
De Béranger, oui, chante les chansons !

(Avec tristesse.)
Miroir fidèle, allons ! vite déloge ;
Dans ton cristal je ne veux plus me voir,
Le cœur me bat lorsque je t'interroge ;
C'est qu'il ne peut répondre encor : Espoir !...
J'apercevrais la ride menaçante

Dont les amours ont peur... petits poltrons !
(Riant.)
Plus de miroir : Pauvre Lisette chante,
De Béranger, oui, chante les chansons !

Comme autrefois en bruyante cohorte,
Venez amours ; visiteurs curieux,
Je vous permets d'écouter à ma porte.
Sans vous il est du bonheur sous les cieux,
Du temps présent Lisette se contente.
Allez, ingrats ! malgré vos trahisons,
Avec orgueil joyeusement je chante
De Béranger je chante les chansons.

(Avec tristesse.
D'un doux passé que l'image est cruelle :
Elle sourit, mais sans nous revenir !
Si je pouvais me voir encore belle !
Si je pouvais, amours, vous retenir !
Quand devant nous marche une ombre charmante,
Oh ! sur ses pas comme alors nous volons !
(Riant.)
A quarante ans ! pauvre Lisette chante,
De Béranger, oui, chante les chansons !

(Avec tristesse.)
Contre le temps vainement l'on bataille ;
Le temps triomphe avec impunité.
Pendant dix ans nous sourit la médaille,
Vingt ans il faut voir le mauvais côté.
Au ciel jaloux point d'étoile brillante
Qui n'ait son voile et ses pâles rayons.
(Riant.)
A quarante ans ! pauvre Lisette, chante !
L'amour finit toujours par des chansons.

(Avec tristesse.)
Il est trop vrai : la vie est un voyage ;
Nous arrivons au grand but tôt ou tard.
Un jour la mort dira : — « Plions bagage ;
« Car de bonheur Lisette eut bien sa part. »
Je répondrai d'une voix suppliante :
— Je suis à vous, à l'instant nous partons ;
(Riant.)
Mais permettez encore que je chante :
Tout ici-bas finit par des chansons.

(Avec tristesse.)
Oui, quand viendra l'heure mystérieuse,
C'est en chantant que j'irai chez les morts.
Fort étonnés de cette fin joyeuse,

Mes bons voisins se rediront alors :
— « Lisette fut une fille étonnante,
« Quelle voisine en ce jour nous perdons ;
(Riant,)
« Elle se meurt, et la voilà qui chante,
« De Béranger, qui chante les chansons ! »

## ENVOI.

Poète aimé que la France regrette,
Et que chacun relira dans cent ans ;
O Béranger, votre fille Lisette
Porte à vos pieds son culte et son encens.
Notre gaîté s'éteint agonisante,
Age d'ennui que l'âge où nous vivons !
Triste orphelin de votre muse absente,
C'est qu'il attend vos nouvelles chansons !

# UN TOMBEAU SOUS LA NEIGE!

OU

## UNE AUTRE RUSSIE.

(Catastrophe du 3 janvier 1846.)

*Air : T'en Souviens-tu?*

France, tes fils sont morts..... dans sa colère
L'hiver contre eux a lancé son cartel,
Noue à ton glaive un crêpe funéraire,
Encor un deuil pour ton cœur maternel!!
C'est maintenant l'hiver qui les assiége
Et l'émir compte un allié nouveau ;
Tes fils vainqueurs sont vaincus par la neige,
Ce blanc démon qui leur creuse un tombeau ! !

Gaza-houat de mémoire flétrie
Devait avoir son tragique pendant!
Dans les déserts de cette autre Russie
Les aquilons accourent en grondant!!!
Les noirs frimas d'un lien sacrilége
Ont enchaîné les bras de nos héros ;
Là bas! là-bas enterrés sous la neige,
Nos frères vont y trouver leurs tombeaux.

Le vent qui siffle à travers la vallée
Porte avec lui l'invincible trépas.
Les rangs rompus, une triste mêlée,
A confondu les chefs et les soldats.
Une espérance encore les protége :
Peut-on mourir de froid sous son drapeau ?
Mais leur valeur s'engourdit sous la neige,
Ce sol maudit leur prépare un tombeau !

Oh ! quelle noble et touchante agonie !
Ils recevaient la mort comme un devoir !
Leurs yeux éteints cherchaient cette patrie
Et son doux ciel qu'on ne doit plus revoir.
— Mourir n'est rien, pourvu que Dieu protége
L'honneur français drapé dans son manteau !!!
Tels sont leurs vœux... Sous un linceul de neige,
Braves soldats, ils trouvaient un tombeau !!!

Frères tombés sur la terre étrangère,
Dans votre chute, oh ! soyez orgueilleux ;
Des frimas seuls, l'haleine meurtrière
A fait plier vos fronts victorieux.
Montez au ciel comme un brillant cortége
Qui va goûter un éternel repos ;
Dans la vallée où vous frappa la neige,
Nos pleurs iront visiter vos tombeaux ?

# PETITE HISTOIRE DU DIABLE

ET

# DE SON CHEVAL.

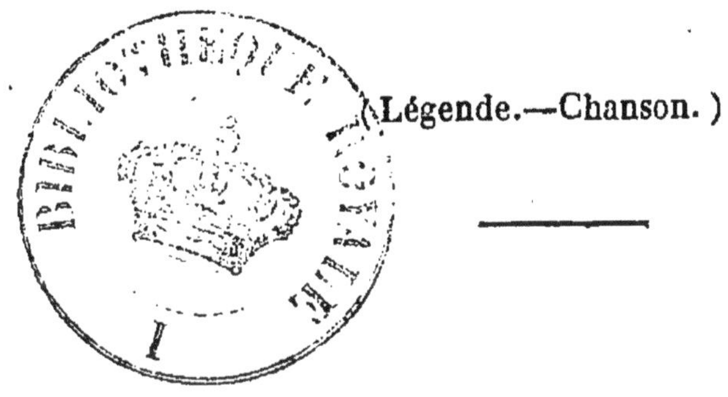

(Légende.—Chanson.)

---

Jusqu'à ce jour on avait pensé assez généralement que le diable était cause de tout le mal qui nous arrive, et de tout le bien qui ne nous arrive pas.

Nous étions dans l'erreur. Mortels, vous aviez calomnié le diable!

Prenez garde à vous! ou plutôt prenez garde à lui!

Nous ne connaissons pas le diable; cette courte légende que uous pouvons déclarer véridique, authentique et signée du sceau infernal, cette courte légende, dis-je, va nous le faire connaître.

Voici le portrait du diable, au physique comme au moral.

Le diable qu'on a fait si laid, et si vieux, est un charmant garçon, d'une trentaine d'années. Son plus grand malheur est d'avoir toujours trente ans ; or, avoir toujours trente ans c'est être à peu près éternel ! Hélas ! de tout temps nous voyons les dieux fatigués de leur immortalité, comment le diable ne le serait-il pas de la sienne ?

Le diable *serait* le meilleur fils du monde s'il le pouvait ; il *ferait* tranquillement ses quatre repas, se *coucherait* de bonne heure, sans jamais passer *minuit*, ni payer l'amende à son portier ; il *irait* même en bon mari jusqu'à prêcher la sagesse à Mme la diablesse, sa femme, ainsi qu'à M. le diable, son *fils*, avec qui M. Paul Féval va bientôt nous faire faire connaissance.

Voilà ce que serait le diable, s'il en avait la liberté; mais cette liberté lui manque. Pourquoi? Voilà le pourquoi.

Le diable a un cheval qui lui sert de monture et de *factotum* ; c'est son valet : mais grand Dieu ! quel valet ! c'est bien maître diable qui commande, mais maître cheval n'obéit pas. Entre ces deux célèbres personnages règne un éternel désaccord : que le diable veuille prendre à droite, son cheval prend à gauche. En général, le cheval du diable est gaucher ; il galope sur le pied gauche, baisse l'oreille gauche, cligne de l'œil gauche, voilà pourquoi il ne fait faire que des *gaucheries* à son maître, gaucheries dont le pauvre monde est victime d'après le système des ricochets que ce bon Picard avait cru inventer, mais qui sont plus vieux que le déluge, aussi vieux que le diable et son cheval.

L'enfer est, dit-on, pavé de bonnes intentions : pourquoi tant de bonnes *intentions* sont-elles devenues de mauvais faits ? Par la faute de qui ? par la faute du cheval du diable. C'est lui qui est le pourvoyeur de l'enfer dont il a fait adjuger la royauté à son maître, sachant très-bien qu'il serait , lui cheval, ministre responsable du roi son maître. On croit que c'est un de nos grands hommes d'état qui a découvert le proverbe ministériel... *le roi règne*, mais il ne *gouverne pas*. Encore une erreur de notre part. C'est le cheval du diable qui a pris cette maxime sous la semelle de ses bottes.... Je me trompe, de ses *sabots* de cheval ! Le cheval du diable est le grand visir de son maître dont il a fait un véritable roi fainéant. C'est le cheval qui fait agir les ficelles; Satan n'est qu'un vrai mannequin. Ce mannequin royal, le cheval infernal le prend chaque jour sur son dos, sous prétexte d'une promenade sentimentale. Mais voyez les résultats de la promenade du diable et de son cheval! Sur leur passage, bientôt tout est bouleversé. Monsieur le valet veut faire des siennes; son maître, usant d'un reste de pouvoir, veut le rappeler à la raison. Le valet se cabre, prend le *mors* aux dents, et bouscule tout dans l'univers. Quand un trône fait la culbute au bout du fossé royal ou impérial, soyez sûr que le cheval du diable vient de lancer quelques-unes de ces ruades traîtresses dont il est trop coutumier. Qu'il neige, qu'il grêle, qu'il vente, qu'il tonne outre mesure, c'est encore la satanée monture qui en est cause.

Si bien que l'on peut dire que le cheval du diable emporte son maître plutôt qu'il ne le porte, et que c'est nous, pauvres mortels qui en pâtissons.

Voilà toute la légende ; elle est courte, mais vraie.

Maintenant nous allons dire au lecteur comment nous avons appris ce que tout le monde ignorait ; et comment la chanson du diable et de son cheval nous est parvenue.

Au milieu d'un épais brouillard assez semblable à ceux qui visitent nos amis d'Outre-mer, nous avons dernièrement failli être renversés par un cavalier dont a monture était lancée à fond de train. Le cavalier avait quelque chose d'étrange qui lui donnait un faux air avec le *comte de Monte-Christo*, cet être moitié ange, moitié démon, rêvé par la muse de l'auteur d'*Antony* ! Bien que l'inconnu eût passé aussi vite qu'une tempête qui galoppe, nous eûmes cependant le loisir de distiguer son costume. Il portait des culotte à la *Joconde*, un gilet à la *don Juan*, avec un magnifique habit à la *Richelieu*. Le tout faisait le plus grand honneur au tailleur du diable(car c'était lui),et nous sommes portés à croire que ce tailleur avait reçu sa commande par l'entremise de ce coquin de cheval montrant de la perversité jusque dans le choix des vêtements que devait porter son maître.

Nous n'avons pas parlé encore de la coiffure du cavalier. Il ne portait ni chapeau à la *Gibus*, ni turban à l'orientale, seulement deux *croissants* se croisaient sur son front. A ce signalement qui n'eût reconnu le diable? C'é'ait bien lui en personne; tous nos doutes d'ailleurs devaient se dissiper à la vue de son cheval. Ses naiseaux étaient fumants, son pelage était rouge; il avait la bride tendue comme un l'arc de sagittaire; à cette bride le cavalier se cramponnait de ses mains raidies. Le cheval allait, allait, allait toujours, en jetant autour de lui une forte senteur de de roussi. Comment douter encore que ce ne fût le diable et son cheval ?

Un nouvel incident vint bientôt confirmer notre croyance. Dans sa course échevelée, le cavalier laissa tomber de la poche de son bel habit à la Richelieu un morceau de papier que le vent allait emporter, quand nous fûmes assez heureux pour nous en saisir. (Nous parlons du papier, et non du vent.) Nous ouvrîmes ce papier : il contenait, en grimoire satanique, des lignes qui pour nous restérent lettre close. Par bonheur, nous avons un ami fort habile à déchiffrer toutes les écritures, même celle du diable : il voulut bien nous traduire le papier précieux, et de cette traduction, nous avons fait la chanson qui suit :

## LE CHEVAL DU DIABLE

OU

## LE DIABLE N'A JAMAIS TORT.

---

*Air : Larifla, fla fla.*

Ça dure trop longtemps.
Sur mon compte j'entends
Dire de tous côtés
Cent mille atrocités
— *C'est l'diable qui fait ça!*
« *Le diable pass' par là !*
« Patati patata ! »
Mensonge qu'tout cela !
Larifla, fla, fla.

Puisque mes ennemis
En jugement m'ont mis,
J' viens exprès à Paris

Pour être mieux compris.
Dans l'mond' si tout va mal,
C'est la faut' d'mon cheval;
En croup' cet animal
Port' chaqu' péché capital !
  Larifla, fla, fla.

Dans ses amours trompé,
Qu'un mari soit dupé,
Crac, au diable on s'en prend
D'un pareil accident.
Le diable quoiqu' cornu
Estime la vertu ;
Si l'monde est immoral,
N'accusez qu'mon cheval ! ! !
  Larifla, fla, fla.

On m'trait' de loup-garou,
Dign' d'avoir corde au cou;
Au dir' d'certaines gens
J'ai d'très mauvais penchants :
Je suis gourmand, haineux,
J'hante les mauvais lieux

Le cheval de Satan
Est un trist' *garnement.*
Gardons-nous bien jamais
D' l'approcher de trop près
Vertu n'est pas l'régal
D'ce diable d'animal.
Larifla, fla, fla.

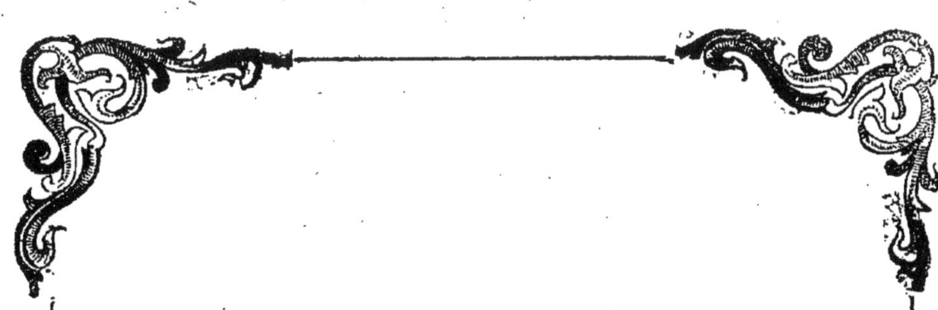

Les ACTUALITÉS-CHANSONS, par l'auteur du CAPITAINE DUTERTRE, qui a obtenu et qui obtient encore un succès populaire, paraîtront par livraisons de 12 pages, au prix de 10 centimes la livraison.

*Il paraîtra trois livraisons par mois.*

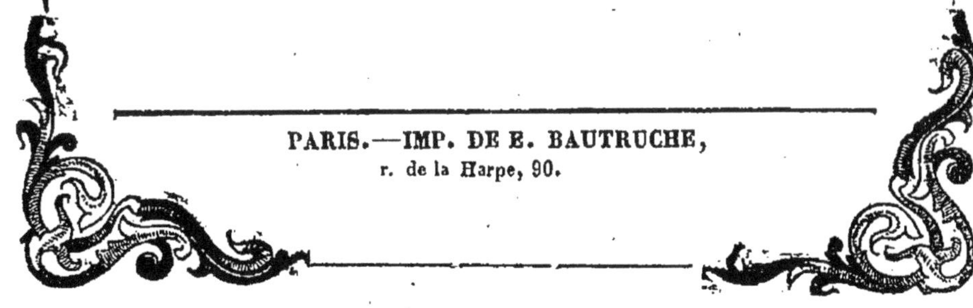

PARIS.—IMP. DE E. BAUTRUCHE,
r. de la Harpe, 90.